Zwerglein Zwuck ist viel zu klein
1. Auflage, erschienen 9-2023

Umschlaggestaltung: Romeon Verlag
Text und Illustrationen: Claudia Bauer
Layout: Romeon Verlag
ISBN: 978-3-96229-474-8

www.romeon-verlag.de

Claudia Bauer

Zwerglein Zwuck ist viel zu klein

Siehst du diesen hohen Berg?
Dahinter wohnt Familie Zwerg!

Hier siehst du schon das Zwergenhaus,
wer schaut denn da zum Fenster raus?

Zwerglein Zwuck – so nennt man ihn zu Haus' –
sieht er denn nicht niedlich aus?

Doch er klagt stets: „Ich bin so klein,
ich will aber größer sein!"
Jeden Tag gibt's das Theater,
täglich meint dazu sein Vater:
„Zwuck, das macht doch gar nichts aus,
du bist unser Liebling hier im Haus!"

Zwergenmutter nimmt ihn auf den Schoß:
„Mein lieber Zwuck, was hast du bloß?
Egal, ob dick, dünn, groß oder klein,
so, wie du bist, so ist es fein!"

Das ist kein Trost für Zwerglein Zwuck,
er hat vom 'Kleinsein' schon genug.
„Aber ich möchte auch die Äpfel vom Baum runterpflücken,
ich kann mich nur nach ihnen bücken!"
Zwuck will in den Garten gehen
und nach knackigen Äpfeln sehen.

Unterm Apfelbaum bleibt Zwuck dann stehen,
er kann einen großen Apfel sehen!
„Den hol' ich mir jetzt ganz allein!"
Doch egal, wie hoch er springt –
er ist zu klein!

Traurig steht der Zwuck dann da:
„Ich bin noch immer so klein, wie ich war!"

Zwuck schlendert weiter auf die Wiese
und trifft dort auf das Zwerglein Liese.
„Guten Morgen Zwuck, spielst du mit mir?"
Sie sieht ihn an: „Aber was ist denn mit dir?"
Liese sieht in Zwucks Gesicht,
der meint: „Ich bin doch ein winziger Wicht!"
Liese entgegnet: „Das ist doch egal,
zum Spielen bist du groß genug – auf jeden Fall!"

Nun laufen beide auf der Wiese umher,
auch Zwuck hat Spaß daran – sogar sehr!
Danach darf Liese sich verstecken –
kannst du sie irgendwo entdecken?
„Ich hab' dich," ruft Zwuck lachend aus,
„deine Mütze guckt aus dem Gras heraus!"
„Jetzt bist du mit dem Verstecken dran,
ich fange inzwischen zu zählen an!",
ruft Zwerg Liese: „1, 2, 3, 4."
Schwups, da ist Zwuck schon nicht mehr hier!

Liese ruft laut: „Versteckt, oder nicht,
ich komme jetzt, du Zwergenwicht!"

Sie sucht ihren Freund hinter einem Strauch ...

... sogar oben am Baum sucht sie auch!
„Hallo!" ruft sie in einen Fuchsbau hinein ...
... doch auch da ist Zwuck nicht, nein!

„Piep!" hört Liese und denkt nur:
„Das ist ein Vogel, aber von Zwuck seh' ich keine Spur!"
„Pieps!" klingt's wieder aus dem hohen Gras,
Liese horcht: „Was ist denn das?
Ich sehe keine Zwergenmütze,
nicht Mal eine kleine Spitze!" „Piep!"
Schon wieder hört sie diesen Laut,
klein Lieschen noch genauer schaut.
Doch nirgends kann sie ihn entdecken:
„Wo wird sich dieser Wicht verstecken?"
„Pieps!", jetzt hört sie es ganz nah,
aber wo ist Zwuck? Er ist nicht da!

„Hier bin ich!" ruft es aus dem Gras.
Liese bückt sich, „ja, was ist denn das?"
Aus dem Loch von einer Maus
schaut der kleine Zwuck heraus ...

„Liese, warum hast du mich nicht gefunden?
Ich liege hier schon gefühlt einige Stunden!"
Lieschen lacht: „Das ist gemein,
denkst du, ich schau' in ein Mauseloch hinein?"

Zwuck schlüpft aus dem Versteck heraus,
das sieht wirklich winzig aus!
„Ach, ich wünschte, ich wäre auch so klein,
so ein Versteck, das fände ich fein",
meint das Mädchen neidisch dann.
Da lächelt Zwuck – schau ihn dir an!
„Liese, ich muss jetzt nach Hause gehen,
aber morgen können wir uns wiedersehen!"

Er lächelt Lieschen fröhlich an,
sie winkt und grüßt: „Na gut, bis dann!"
Beide laufen jetzt nach Haus,
für beide ist das Spielen aus.

Zwuck öffnet die Tür ins Zwergenhaus
und ruft erfreut begeistert aus:

„Mama, Papa, hört Mal her,
Liese hatte es heut' schwer!
Ich habe mich vor ihr versteckt,
sie hätte mich bald nicht entdeckt!"

Die Zwergeneltern fragen interessiert:
„Sag, wie ist denn das passiert?"
Zwuck erzählt vom Loch in der Wiese
und natürlich von der verzweifelten Liese ...

Mama Zwerg nimmt Zwuck auf den Schoß,
sie sieht ihn an und umarmt ihn bloß:
„Siehst du, manchmal kann es von Vorteil sein,
wenn man nicht groß ist, sondern klein!"
Papa Zwerg lächelt und spricht:
„Hör Mal zu, mein kleiner Wicht:
Egal, ob dick, ob dünn, groß oder klein,
so, wie du bist, so ist es fein!
Doch manchmal ist das so im Leben,
da wird es auch Mal Zweifel geben."
Aber eines darfst du nie vergessen:
An deiner Größe sollte dich keiner messen!"

In dieser Nacht schläft Zwuck schnell ein,
er will morgen ausgeschlafen sein!

Er träumt vom Spiel dort auf der Wiese
mit seiner großen Freundin Liese …

Zum malen und spielen!

Liese zeigt Zwuck die wunderschönen
Blumen auf der Wiese ... aber wo sind diese nur?
Kannst du vielleicht welche dazumalen?

Hier darfst du Zwuck ein bisschen Farbe geben ...

LAUF – und FANGSPIEL:

Variante 1:

Ein Kind ist der Zauberer, der die anderen Kinder (=Zwerge) fängt. Wer gefangen ist, verwandelt sich zu einem kleinen Bäumchen, bleibt stehen, grätscht die Beine, damit ein anderer Zwerg unten durchkriechen kann, um das gefangene Kind zu befreien.

Wer ist schneller? Siegt der Zauberer, oder sind die Zwerge untereinander so hilfsbereit, dass der Zauberer keine Chance hat?

Variante 2:

Es gibt zusätzlich zum Zauberer noch eine Blumenfee, die gegen den Zauber immun ist. Wird ein Zwerg gefangen, dann verwandelt er sich zu Stein, dieses Mal kann er nur von der Blumenfee gerettet werden, indem sich diese vor das versteinerte Kind stellt und „1 und 2, du bist frei" ruft. Dabei wird der versteinerte Zwerg noch von ihr umarmt,

damit sich der Zauber löst.

Gewinnt der Zauberer oder die Blumenfee?

20 Zwerge (rhythm. Spruch)

20 (2x 10 Finger zeigen)	**Zwerge** (Zipfelmütze auf Kopf andeuten)	**wohnen hinterm Berge,** (mit beiden Armen Berg zeigen)
spielen gern verstecken (beide Hände vor Augen)	**kann man nicht entdecken!** (mit Händen Ferngucker formen – suchen)	
Laufen hin und her (laufen.)	**hüpfen hoch gar sehr!** (hoch springen)	
20 (2x 10 Finger zeigen)	**Zwerge** (Zipfelmütze auf Kopf andeuten)	**schlafen hinterm Berge,** (schlafend stellen)
Stapft ein frecher Riese (stapfen, beide Arme ausstre-cken, (mit beiden Händen vor sich Wiese anzeigen) zueinanderbewegn, bei 'Riese' 1x laut klatschen)	**auf die grüne Wiese,** (mit beiden Händen vor sich Wiese anzeigen)	
Hui, (eine Hand schnell von unten nach oben bewegen)	**da sind die Zwerge** (Zipfelmütze)	**hinter alle Berge!** (mit beiden Armen Berg zeigen)

QUIZ zum Bilderbuch:

(Hast du gut aufgepasst und zugehört?
Dann sind diese Fragen für dich sicher einfach zu beantworten,
viel Spaß dabei!)

1. Wie heißt der kleine Zwerg mit der blauen Mütze?
2. Worüber ist der kleine Zwerg so traurig?
3. Wer liebt den kleinen Zwerg, egal, ob er groß, klein, dick oder dünn ist?
4. Wen trifft der kleine Zwerg auf der Wiese?
5. Welche Farbe hat Lieses Zwergenmütze?
6. Die beiden Zwerge spielen 'Nachlaufen' und ____________________
7. Was hat Zwuck von Liese entdeckt, als sie sich im Gras versteckt hat?
8. Wo hat sich Zwuck so gut versteckt, dass Liese ihn nicht entdeckt?
9. Versteckt sich Liese auch im Mauseloch?
10. Wovon träumt der kleine Zwuck, als er einschläft?

FINGER – oder HANDPUPPENSPIEL

(Dieser Text kann einfach nur mit den Fingern, oder aber mit kleinen Figuren, Handpüppchen dargestellt werden. Vielleicht finden sich für Liese oder Zwuck noch andere Verstecke?...)

Das ist Zwuck, der kleine Zwerg,(re Daumen)
er wohnt gleich hinter diesem Berg. (hinter sich zeigen)
Und das hier ist seine Freundin Liese, (li Daumen)
sie treffen einander auf der Wiese.
Gemeinsam spielen die beiden Zwerge (beide Daumen bewegen)
laufen, (beide D. 'laufen')
springen,. (. 'springen')
und verstecken hinterm Berge. (beide hinter Rücken)
O weh, jetzt sind die beiden weg, (Schulter zucken)
wer findet sie in dem Versteck? (hin und her schauen)
Ich seh' dich, Zwuck, ich seh' dich, Liese,
kommt doch wieder auf die Wiese!
„Haben wir uns nicht gut versteckt? (re Daumen wackelt)
________________ **hätt' uns nicht entdeckt!** (eigenen Namen einsetzen)

Ja, da habt ihr wirklich Recht, (mit Kopf nicken)
euer Versteck, das war nicht schlecht! (Kopf schütteln)
„Ich kenne noch ein tolles Versteck!" (li Daumen wackelt)
Schwupps, schon ist die Liese weg. (li Daumen in Faust)
„Liese, Liese, wo bist du nur? (re Daumen sucht)
Ich finde von dir keine Spur!"
Zwuck sucht hin und er sucht her, (re Daumen 'sucht')
findet keine Liese mehr. (verzweifelt Kopf schütteln)!
Komm, wir zählen jetzt bis 3,
und zaubern Lieschen schnell herbei!
1,2,3! (mit Kopf 'mitzählen' → li Daumen bei 3 wieder da)
„Hurra, hurra, da bist du ja, (re Daumen hüpft vor Freude)
danke, das war wunderbar!" ('bedankt' sich bei dir)
„Zwuck, wir müssen jetzt nach Haus', (li Daumen 'redet')
unser Spielen ist heut' aus!"
Beide winken sie sich zu, (beide Daumen zueinander – wackeln)
laufen nach Haus' und jetzt ist Ruh! (Arme seitlich anwinkeln, Schulter zucken)